中文版授權　上人文化事業股份有限公司　出版發行

噓，大家安靜！

文／Jeanne Willis　圖／Tony Ross　翻譯／林芳萍

發行人／張文卿　總策劃／賴美伶　美編／梁麗娟

出版發行／上人文化事業股份有限公司

地址／台北縣中和市橋和路115號9樓

電話／(02)2243-5977　傳眞／(02)2243-6075

郵撥帳號／18217769上人文化事業股份有限公司

初版／2005年9月　www.shang-renpub.com.tw

噓，大家安靜！

文／珍妮·威利斯　圖／湯尼·羅斯
翻譯／林芳萍

上人文化事業股份有限公司

小地鼠有一件天大的好消息！
他想要告訴全世界。
但是，四周鬧哄哄：

小_{ㄒㄧㄠ}地_{ㄉㄧ}鼠_{ㄕㄨ}要_{ㄧㄠ}宣_{ㄒㄩㄢ}布_{ㄅㄨ}一_ㄧ件_{ㄐㄧㄢ}大_{ㄉㄚ}事_ㄕ情_{ㄑㄧㄥ}。
但_{ㄉㄢ}是_ㄕ他_{ㄊㄚ}說_{ㄕㄨㄛ}話_{ㄏㄨㄚ}的_{ㄉㄜ}聲_{ㄕㄥ}音_{ㄧㄣ}那_{ㄋㄚ}麼_{ㄇㄜ}小_{ㄒㄧㄠ}，
沒_{ㄇㄟ}有_{ㄧㄡ}人_{ㄖㄣ}聽_{ㄊㄧㄥ}得_{ㄉㄜ}到_{ㄉㄠ}：

隆，隆，

隆！

小地鼠等了一整個白天，
又等了一整個晚上，
希望可以等到大夥兒
都安靜一點。
可是：

哇
哇
哇！

第二天一早，
小地鼠爬到屋頂上，
大聲宣布這一件消息。
但還是沒有人聽見他說話：

小玄地聚鼠聚又云到叁山引谷災裡叁，
再聚試戶一一次ち。
仍显然罗沒只有云人罗聽志見鼻
他宁在罗說壆什咒麼皇：

小地鼠站到高高的
山頂上，
把頭向後一仰，
大聲的喊：

「噓噓噓噓噓！
我知道世界和平
的秘密！」
可是沒有人聽到
小地鼠說話，
到處都吵成一團：

不x過ㄍ小ㄒ地ㄉ鼠ㄕ
並ㄅ不x灰x心ㄒ，
他ㄊ希ㄒ望ㄨ有ㄧ一一天ㄊ，
他ㄊ的ㄉ聲ㄕ音ㄧ還ㄏ是ㄕ
能ㄋ夠ㄍ被ㄅ聽ㄊ見ㄐ。

如果我們數到三，
然後安安靜靜的聽，
也許會聽見他的聲音。
我們現在就一起來數：

一，二，三……

噓噓噓噓噓！

太棒了！
你已經使這個世界變得更和平了。

假使世界上的每一個人，
都能像剛才這樣安安靜靜的聆聽：

一一，二ㄦ，三ㄙㄢ……

噓ㄒㄩ噓ㄒㄩ噓ㄒㄩ噓ㄒㄩ噓ㄒㄩ！

這ㄓㄜ個ㄍㄜ地ㄉㄧ球ㄑㄧㄡ就ㄐㄧㄡ會ㄏㄨㄟ更ㄍㄥ和ㄏㄜ平ㄆㄧㄥ。

這￼個￼秘￼密￼，
就￼是￼我￼從￼小￼地￼鼠￼那￼兒￼聽￼到￼的￼喔￼。

　　這是一本簡單而生動的圖畫書，故事從頭至尾只傳達給讀者一個簡明的訊息：讓世界和平的秘密，就在於內心世界的寧靜。

　　這本書裡把這個紛擾世界裡的種種噪音都一幕幕的呈現在我們面前。這個文明世界裡的熙熙攘攘，對我們來說一點也不陌生：領袖政客的滔滔不絕、學者專家的辯才無礙、市井小民的怨聲載道、三姑六婆的閒言閒語、似乎永遠都不會完工的街道維修工程、到處充斥著媒體震耳的音樂、到處舉辦著各種集會活動、國與國之間因仇恨而殺戮、人與人之間因嫌隙而爭吵　現代人所居住的環境裡難得能有片刻的寧靜，而現代人的心靈也很難能享有片刻真正的靜謐。這麼多的噪音現在一下子通通擠進了這本書，讓大小讀者在閱讀之際真的很期待能夠有片刻的寧靜呢。只要那麼一小片刻，把一肚子想說的話先擺在一旁不說，把腦袋裡一籮筐的想法先沉澱下來，把手邊正在忙的事情先停下來，這樣我們才能恢復聆聽的能力，才能享受這片刻的寧靜。

　　所謂境由心生，境隨心轉，也正是這個道理。沒有寧靜的內心，也絕不會有和平的生活環境。而作者透過這本書來提供給小讀者一個獲致心靈平靜的好方法：聆聽。一個急於表現自己，爭取別人認同的人，是不懂得聆聽的，他們總是忙著訴說自己成就了什麼，體認了什麼，還發現了什麼。一個只著眼在自己的煩惱苦悶中的人也是不懂得聆聽的，他們急於求得他人的同情和認同，忙著訴說自己的苦處，控訴他人的惡行。一個因為空虛寂寞而讓周遭充斥著媒體樂音的人，也是不懂得聆聽的，老子說五音令人耳聾，他們聽不見內心寧靜的聲音。內心安靜了，才有空間去接納其他的聲音。聆聽是去接納，它的能量是平和的；訴求是去征服，它的能量是侵略的。這也就是人類爭執的主因，每個人都認為自己才是對的，都試著去說服他人，去影響他人，而沒有辦法先把自己的想法放在一邊，先聽聽看他人的想法又是如何。因此，在故事中聲音很小很小的小地鼠舉著牌子所要傳達的訊息，就在於五個字：請你注意聽。

　　小地鼠就像個小小孩一樣，他的聲音不容易被聽到，他的意見不容易被採納，但是小地鼠並不放棄。這個世界能夠多一丁點兒和平，多一小片刻寧靜，就是一件相當美好的事了。這世界紛紛擾擾，我們沒有能力停止所有的紛爭，但是有一件事是我們做得到的，那就是：一二三，安靜下來，聽一聽。聽聽安靜的聲音，聽聽和平的聲音。

旅德兒童文學家

李紫蓉